AF249786

LE

RÉCIT D'UN SONGE

PAR

CHARLES DESBANS

LE MANS

TYPOGRAPHIE EDMOND MONNOYER

—

1884

LE RÉCIT D'UN SONGE

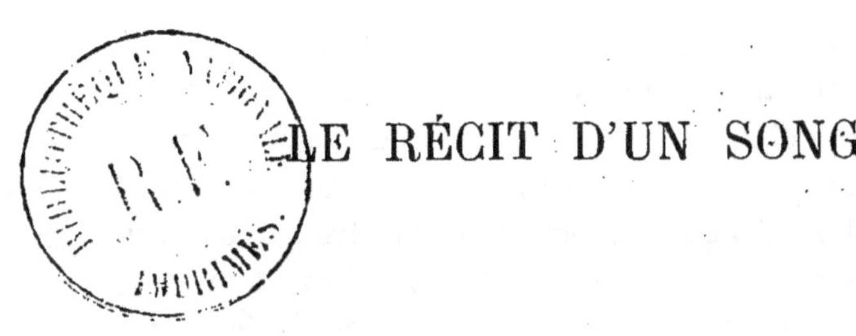

J'ai rêvé, cette nuit, que j'étais le comte de Paris et que, égaré dans une sombre forêt, je me trouvais en face de deux chemins. J'étais très ému, et mon incertitude sur la meilleure route à suivre me causait un véritable tourment. Un pâle rayon de lune venant à paraître, je me vis au pied d'un obélisque surmonté d'une croix. Je m'inclinai... C'était une tombe... La tombe de M. le comte de Chambord — mort à bifurcation ! Cette lugubre pensée me fit fléchir, je me couchai, épuisé, sur la tombe. La forêt n'était pas plus sombre que mon âme. Je fus rappelé à la réalité de la vie par un passant, homme à cheveux blancs, dont la voix forte et sonore, mélangée de bienveillance, annonçait une grande énergie. Prince, me dit-il, vous avez sous les yeux un exemple des persplexités du siècle, qui après avoir vainement cherché une direction, s'est affaissé sur lui-même, ne sachant que choisir entre le passé et l'avenir, tous deux remplis de séductions. Remonter le cours des âges sous les lumières de brillants souvenirs, ou suivre l'humanité dans ses aspirations providentielles, telle est l'alternative qui s'offre à vous, Monseigneur, comme elle s'est offerte à nous. La fin prématurée de M. le comte de Chambord vous a fait le représentant du principe monarchique héréditaire, auquel il est resté fidèle, toute sa vie. Mais à quel prix ? L'exil sur les confins de la patrie ! En voir les portes ouvertes, et ne vouloir les franchir qu'en maître absolu, ont fait à ce descendant des Rois une position dans laquelle il a consumé les trésors de ses nobles facultés. Il a subi le joug d'un parti qui se prétend légitime, éternel ; il s'en est cru le chef inviolable et sacré ; il s'est persuadé qu'en lui résidaient l'esprit et le droit divin, droit supérieur aux institutions sociales ; il a abdiqué son libre arbitre et s'est présenté comme le continuateur de traditions dont une secte presque aussi ancienne que les sociétés, garde le secret dans les profondeurs de ses doctrines : il en a été l'âme, condition mystérieuse! Le principe de la légitimité a été défini une loi dont personne ne peut changer les effets pas même celui qui est Roi. C'est dire assez qu'un Roi, sous l'empire de pareilles croyances, n'est rien, sinon l'instrument et l'organe d'une puissance qui se prétend venir du ciel et qui a toutes les passions humaines. M. le comte de Chambord n'a jamais eu d'un Roi que le nom, vague sonorité perdue dans le tumulte des malheurs publics. Son histoire est celle d'une foi vive que n'ont pu éclairer les événements de la terre. Sa pensée tournée vers les hautes régions n'a pas eu l'intuition de la marche du temps, ni des agitations d'une société anxieuse d'institutions nouvelles. Dans le spiritualisme de sa condition aucun fait matériel ne l'a rattaché à la nation. La rupture des anciens liens qui unissaient la royauté à la nation, opérée par une révolution profonde que rien ne peut effacer de l'histoire, a fait du droit monarchique un droit sans juridiction, un droit déchu ! Ainsi qu'un fleuve d'un long parcours dont les eaux glorieuses viennent se confondre dans l'Océan, la puissance royale est venue s'éteindre dans la puissance publique. Voici le grand événement du siècle, événement peut-être unique dans les annales du monde. On peut affirmer que

cette puissance publique, cette autorité de tout un peuple
est devenue la cause et la base de toute autorité légitime.
A l'aide de quels bras et de quels subterfuges un Prince
pourrait-il l'anéantir ? Comment supposer que la France
devenue maîtresse de sa liberté consente à l'aliéner et à
se livrer à des maîtres avides de la ressaisir comme une
proie ?

Je me disposais à saluer d'un geste de remercîment cet
orateur imposé, lorsque, devinant mon intention, il ajoute :
L'occasion d'entendre la vérité est rare pour les princes
aussi bien que pour les autres hommes. La sagesse leur com-
mande de l'accueillir, vînt-elle d'un pauvre voyageur fati-
gué des fruits de l'étude et de l'expérience. Prince, ce n'est
point en arrière, mais en avant qu'il faut porter vos esprits.
Elevez-les au-dessus de cette brume qui obscurcit l'hori-
zon. L'inertie et le doute accablent des millions d'âmes qui
aspirent au bien sans savoir par quel moyen l'atteindre. En
s'écartant des lois naturelles les règles de la politique ont
introduit partout la confusion que ne fait qu'augmenter la
division des partis. On déplore, on redoute les effets de ce
régime dissolvant, et, aujourd'hui le désir le plus générale-
ment répandu est de trouver comme chef d'Etat un
homme d'une haute position, d'une moralité sans tache,
d'un caractère et d'un cœur loyal, ayant étudié et médité,
capable de diriger par l'ascendant de son honnêteté et de
ses lumières les destinées d'une généreuse nation.

Que votre modestie, Prince, ne s'alarme pas de cette révé-
lation. Vous avez les vertus qu'exige une si haute mission.
Elles vous ont été transmises par votre père, que la mort
a ravi dans ses belles années. Il aimait la France, il en per-
sonnifiait l'esprit libéral, qu'une main criminelle avait cru
pouvoir éteindre dans le plus illustre de vos ancêtres, mais
dont la mémoire s'est conservée parmi ses descendants.

Votre père portait en lui de grandes destinées auxquelles il eut associé la France. Il lui aurait épargné la honte et les misères dont l'ont accablée de mauvais gouvernements. Mais à quoi bon le souvenir des choses passées, si ce n'est pour y puiser des enseignements utiles au temps présent.

Depuis un siècle, on parle en France de liberté, sans que personne en ait défini le vrai caractère. Elle n'a reçu jusqu'à présent qu'une acception étroite et personnelle dont les partis se font une arme. L'individualité en réclame l'exercice comme d'une faculté sans limite. Le nombre est ainsi devenu la raison souveraine... ; raison ignorante et brutale ! Ce n'est pas là l'autorité qui doit présider aux destinées des Peuples. Celle que le Créateur a donnée au premier homme a été une autorité de protection, nécessaire au développement de l'humanité, et non un droit de domination contraire à ses desseins. Or, la libre disposition, pour un peuple, de la puissance publique est assurément la plus intime satisfaction et le plus haut degré de dignité qu'il puisse atteindre, puisqu'il lui assure la plus grande somme de sécurité qu'il puisse désirer. C'est la liberté commune qui fait la liberté de chacun. C'est ce qu'on appelle dans les sociétés la liberté politique, de laquelle découlent toutes les autres. Sa qualification gouvernementale est celle de puissance nationale. Voici le point où la civilisation a conduit la France. Devant cette grande image de la patrie toutes les thèses du passé pâlissent, et les illusions du siècle ressemblent à des nuages que le soleil dissipe de ses premiers rayons. Prince, ne croyez pas aux prédictions de malheur. Ne prenez conseil que de la sagesse du philosophe, que ni la crainte, ni l'ambition n'impressionne, et qui, en quête de la pure lumière, ne cherche qu'à s'affranchir des préjugés. Votre position est semblable à celle de

M. le comte de Chambord. Votre sort serait-il le même ?
Entre les deux principes de la légitimité et de la souverai-
neté nationale, vous avez à choisir. Une si supérieure réso-
lution veut que vous en pesiez d'avance les conséquences.

Prince, avant qu'elle n'ait acquis l'autorité d'un principe,
la légitimité n'a été qu'une suite de luttes sanglantes et de
forfaits. Ce n'est que par le triomphe de la force qu'elle est
parvenue à se faire sanctifier et acquérir le caractère de
durée et de transmibilité qui appartient seul aux grandes
lois de la nature. C'est l'orgueil humain, cette soif infer-
nale d'une puissance sans borne, qui a fait les conquérants
et fondé les empires.

Avec le principe de la légitimité vous avez tous les Rois,
tous les Empereurs, toutes les dynasties, avec leurs armées, force considérable, mais contrebalancée par le droit
des peuples et l'influence des idées. Partout il y a lutte
sourde entre le pouvoir absolu et la liberté. Il ne faut
qu'une étincelle pour allumer une immense conflagration.
Elle se produira le jour où les sentiments d'humanité et la
prudence feront place à une violente tentative d'asservisse-
ment et de domination universelle.

Si puissantes qu'elles soient les armes étrangères ne
suffiraient pas à rétablir la couronne de France, et y par-
vinssent-elles qu'un triomphe éphémère coûterait cher aux
vainqueurs. On sait l'histoire des armées mercenaires. Le
bras qui doit défendre son pays ne saurait travailler à
l'asservir. Ainsi du dehors point de secours ! Pour adresser
un plébiscite à la France, il faut l'avoir surprise et vaincue
en une nuit. Alors, l'arme au poing, on peut lui demander
son suffrage. Mais, outre les dangers qu'il présente, un
pareil procédé n'est point à l'usage des enfants de la
France.

Avec la légitimité vous avez la théocratie et l'aristocratie formant deux partis qui, bien qu'unis par un intérêt commun ne diffèrent pas moins d'idées et de vues. On ne peut nier ni l'influence morale de l'un, ni l'ascendant magique de l'autre. Le clergé et la noblesse jouissent encore d'un grand prestige : c'est une force, mais une force contenue et dominée par des forces plus puissantes, non plus seulement numériques, mais intellectuellement capables de tout entraîner à leur suite ; c'est le temps auquel rien ne résiste, laissant sur ses traces la poussière de la route : il faudrait un miracle pour en suspendre la marche.

En allant au fond des illusions, en supposant que le drapeau blanc vînt à flotter au Panthéon des gloires nationales, qu'apporterait-il avec lui ? Des cris de triomphe, et le signal des persécutions. Vainement on dirait qu'elles ne sont que représailles... elles seraient persécutions... elles iraient jusqu'à épuisement des victimes. Monastères et couvents dans leur expansion quotidiennne couvriraient les parties du sol que leur laisserait la rapide accumulation des grandes fortunes de la noblesse. Le trône endiamenté, une majesté indienne, une cour luxueuse et dévote, soumise à une hiérarchie nobiliaire intolérante, un clergé rival, visant à la suprématie des honneurs, la riche finance caparaçonnée de titres, le peuple réduit par la culture des terres et le commerce à développer des richesses destinées à s'émietter par les charges publiques au bénéfice d'un trésor ouvert à toutes les puissantes convoitises, une longue série de vanités ridicules et des humiliations haineuses, tel est le fond du tableau d'une Restauration.

Mais les choses de ce monde ne se règlent pas selon la volonté des hommes. Certains effets ont des causes qu'ils ignorent, certains principes ont des déductions auxquelles il leur est impossible de se soustraire.

Le rétablissement du principe monarchique héréditaire

aurait des conséquences dont ses plus chauds partisans ne se doutent pas. En montant sur le trône, vous seriez tenu, Prince, d'abandonner au domaine de l'Etat, à titre irrévocable, tous vos biens personnels, et cela en vertu de l'ancien droit public français, auquel se sont soumis votre aïeul Henri IV et tous les rois ses successeurs. Vous ne pourriez vous écarter de cette règle fondamentale, sans porter une grave atteinte à cette sainte et politique union de la couronne avec la nation qui a été la seule vraie force et la seule justification de l'hérédité.

En admettant que votre abnégation puisse aller jusqu'à vous dépouiller entièrement, la loi française ne vous le permettrait pas. En France, le père de famille n'a pas le droit de déshériter ses enfants même pour régner. Animé de l'amour de la famille, et guidé par le sens droit qui le distinguait, le Roi Louis-Philippe, appelé au trône par les députés de la nation, a parfaitement compris ce qu'exigeaient de lui le devoir paternel et la législation. Il s'est démis de ses biens au profit de ses enfants, avant d'accepter la couronne. Il était dans le vrai, dans la légalité. Cependant lorsqu'il n'a plus été en position de se défendre, on l'a accusé d'avoir frustré le domaine de l'Etat. Cette accusation a égaré l'opinion publique pendant de longues années. Elle était basée sur une erreur juridique qui a fini par être révélée et amener l'abrogation de l'odieuse confiscation des biens de votre famille. Ce trait remarquable de l'empire de la vérité a fait le plus grand honneur à l'Assemblée nationale de 1872. D'un vote unanime cette Assemblée a stigmatisé la mauvaise foi et justifié l'adage : Que la justice a son jour.

Cette grande décision a fait rossortir la distinction qu'il convient d'établir entre la monarchie successible héréditaire et la monarchie élective. Celle-ci laisse à l'élu de la

nation la faculté de réserver son patrimoine; c'est un pacte
contractuel qui n'engage pas la liberté, lorsqu'il est limité.
Le pouvoir héréditaire, au contraire, fût-il qualifié constitu-
tionnel, implique une condition au-dessus du droit commun, il place la nation, ainsi dépouillée de son indépen-
dance, les mains liées, dans un état d'infériorité dont elle
ne peut sortir que par des secousses violentes, de cruels
déchirements. Une société qui a l'intime conviction de son
droit doit avoir le juste sentiment de sa dignité.

Si vous adoptez ouvertement le principe de la souverai-
neté nationale, vous êtes le premier à reconnaître ce que
d'autres ont ignoré, ou méconnu, cette grande autorité qui
constitue la liberté politique. Vous vous placez à la tête de
cette société française dont les qualités brillantes répandent
un vif éclat sur le monde. Vous vous inclinez devant votre
pays que vous grandissez de votre patriotisme. Vous
donnez aux ambitions illégitimes l'exemple du respect et
du dévouement, et, devant une solennelle Assemblée constituante, vous vous offrez comme un de ces citoyens illus-
tres vouant leur existence au salut commun. Ce rôle est
noble, Monseigneur ! il a de plus l'avantage de vous main-
tenir sur le terrain légal du régime actuel, ouvert à la libre
discussion. Ce n'est point à titre de prétendant, mais comme
fils de France que votre candidature doit se poser devant
la Constituante; à celle-ci seule revient le droit de qualifier
les pouvoirs publics et d'en déterminer les règles.

Un pouvoir qui n'est pas personnel, qui ne peut le devenir, qui est le point culminant des droits et des intérêts de
tous, comporte une vaste protection sociale sous l'influence
de laquelle tous les droits acquis sont maintenus, toutes
les croyances religieuses respectées, toutes les opinions
politiques libres. La sécurité pour toutes les conditions de
la société, pour tous les éléments de l'administration pu-

blique, la justice gardienne vigilante des lois, l'armée protectrice des frontières, peuvent faire du peuple français un peuple heureux et respecté.

Jugeant de mon émotion, à ces aperçus nouveaux, mon orateur me dit : Je ne suis ni votre ami, ni votre ennemi ; je ne vois en vous que l'homme nécessaire — le lien du passé à l'avenir. La France a subi la dure expérience des partis ; elle ne veut plus être gouvernée par aucun d'eux ; toute oligarchie lui est devenue insupportable ; elle veut un chef, et non des maîtres. Elle ne sait pas encore comment sortir des entraves qui lui ont été imposées, elle éprouve le besoin d'être guidée dans le choix des moyens. La tâche est difficile à remplir. Sans récriminer sur le passé, il faut pourtant signaler les erreurs triomphantes, préciser les fautes commises. Elles sont nombreuses, quelques-unes capitales. Celle à laquelle s'attache un caractère de gravité exceptionnelle consiste dans l'aliénation de la puissance nationale au bénéfice d'un Congrès perpétuel, équivalent d'un pouvoir héréditaire. Il ne paraît pas admissible que des pouvoirs législatifs, limités dans leur durée, investis uniquement du mandat de légiférer, d'attacher leur autotorité à des lois dictées par les circonstances et essentiellement révocables, aient qualité pour transmettre à toutes les législatures de l'avenir le droit successif de se déclarer et de devenir constituantes. C'est une malheureuse imitation des institutions américaines qu'un Congrès implanté dans notre législation. On ne peut que déplorer l'irréflexion des partis antagonistes qui se sont courbés, à l'envi, sous ce joug éternel. Si l'erreur a pu être seule coupable de cette violation de la liberté, elle ne met pas moins en péril l'honneur et les intérêts de notre pays. Ce vice radical des lois organiques de 1875 en rend la réformation d'une nécessité absolue. Là est le nœud de toutes les difficultés. Comment les résoudre ? Il n'y a qu'un grand élan de patriotisme qui puisse y parvenir.

Lorsque les passions politiques ont été surexcitées, elles ne montrent que du dédain pour les moyens termes, mais dès que le calme commence à renaître les meilleurs esprits cherchent un terrain d'apaisement sur lequel puissent se combiner tous les éléments de la vie sociale.

On n'a trouvé jusqu'à présent d'autre nom à donner à la liberté que celui de République. La République sans doute est une des formes de la liberté, mais elle n'est pas la seule. C'est en quelque sorte le premier degré sur lequel la liberté essaye ses pas avec l'auréole des illusions naissantes et des théories imaginaires. Accessible à toutes les ambitions elle devient facilement une lutte dans laquelle il n'entre en jeu que des intérêts personnels. La diffusion et la compétition des pouvoirs sont ses deux plus graves inconvénients.

La monarchie élective, à vie, est aussi une des formes de la liberté, mais incontestablement supérieure à l'autre, en ce que en elle se trouve l'unification des pouvoirs et une autorité impersonnelle représentant la puissance publique. Elle a la stabilité, la sécurité ; elle contient et protège ; elle est, à proprement parler, le cœur et l'âme de la nation.

Toutefois, dans un pays comme le nôtre où les qualifications de Monarchie et de République se sont successivement éteintes et relevées laissant toujours après elles de réciproques meurtrissures, elles entretiennent de mutuels ressentiments, et l'on ne parviendra jamais à faire accepter sans murmures un régime ou l'autre.

Il est donc indispensable de donner à la liberté une dénomination gouvernementale toute nouvelle, ne portant ombrage à personne.

Si le mot Empire réveille des idées d'éclatantes victoires, la gloire en revient à la France qui les a conquises au prix de son sang. Il ne lui reste, enfin de compte, que de désastreuses défaites, des désordres moraux et financiers qui pèsent d'un poids accablant sur ses destinées. On ne doit pas croire que les Français puissent se complaire dans les hontes d'un régime dans lequel la liberté déguisée en souveraine n'est en réalité qu'une eslave.

La qualification la plus conciliante, celle qui exprime mieux cette grande autorité à laquelle personne n'a droit et que nul ne peut s'arroger sans forfaiture, est celle d'Etat. Rien ne blesse de dire : l'Etat français — Le chef de l'Etat. Ces mots sont exclusifs de tout intérêt particulier, ils paraissent n'être que les attributs des intérêts généraux, des intérêts communs. Ils ne sont agressifs pour aucune croyance, pour aucune institution étrangère; ils ne font que constater l'unité d'un grand peuple. On ne voit pas d'objection à faire à la qualité d'Etat : il y a, au contraire, des motifs de l'adopter pour mettre fin à l'anarchie qu'engendre la variété de noms qui impliquent une déplorable rivalité. En toutes choses le mot propre a son importance.

Le droit de constituer n'appartient qu'aux grandes assises de la nation. Ce droit, né de l'immortelle révolution de 1789, se trouve encore malheureusement, comme beaucoup de conceptions modernes, dans la demie obscurité des idées. On n'a pas encore apprécié les garanties de sécurité qu'offrent les Constituantes. C'est l'œuvre de la civilisation qui l'honore le plus : il suffit que l'usage en soit sagement adapté à nos institutions. Il est admis en principe qu'aucune fonction législative, ni de gouvernement ne peut être dévolue aux Assemblées constituantes ; à cette règle de prudence, il est bon d'ajouter qu'elles doivent être formées d'éléments spéciaux puisés aux meilleures sources des délégations nationales. Dans la situation présente, le corps électoral, pour une Constituante, serait avantageusement composé des maires, adjoints et membres des conseils des communes, des conseillers d'arrondissements, des conseillers de département augmentés d'un nombre égal des plus imposés. Les grands intérêts alliés aux origines du suffrage universel constitueraient la représentation nationale. Cette combinaison est aussi simple que loyale, et cependant, il est à craindre qu'elle ne rencontre une vive opposition de la part des préjugés et des avidités, ces deux éternels adversaires du bien public. Mais il y a dans l'affaissement de notre société un puissant ressort d'enthousiasme qui n'attend que le moment de se manifester.

L'époque n'est pas éloignée où les pouvoirs présidentiels doivent expirer. Le respect humain aussi bien que la loi exigent que le terme légal soit attendu avec déférence. Il importe que la pétulance des ambitions soit contenue jusque là. Alors le moment sera venu de faire appel à la nation, en vue d'une Constitution capable de lui assurer un long avenir de liberté et de tranquilité. La proposition en sera faite, soyez en sûr, par quelque vaillant champion, par quelque La Tour d'Auvergne politique. Il me semble voir nos grandes assemblées législatives se lever tout entières au cri de : vive la France ! et inscrire leurs vœux aux pages immortelles !

A ces belles paroles, j'ouvris les yeux, le songe disparut.

CHARLES DESBANS.

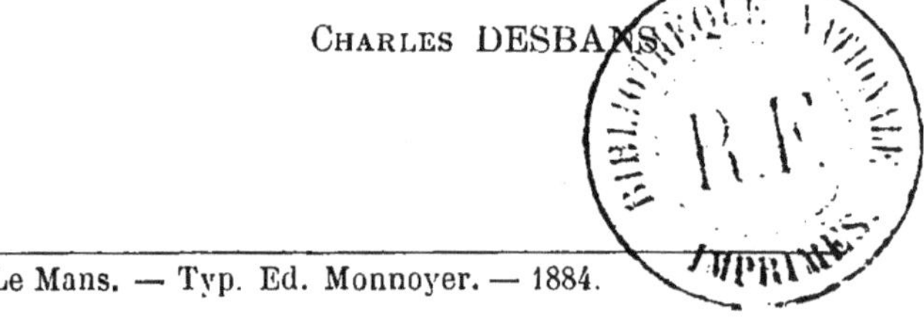

Le Mans. — Typ. Ed. Monnoyer. — 1884.